RÊVE ÉTRANGE

DE

FRANZ L'ALSACIEN

RÊVE ÉTRANGE

DE

FRANZ L'ALSACIEN

EN 1870

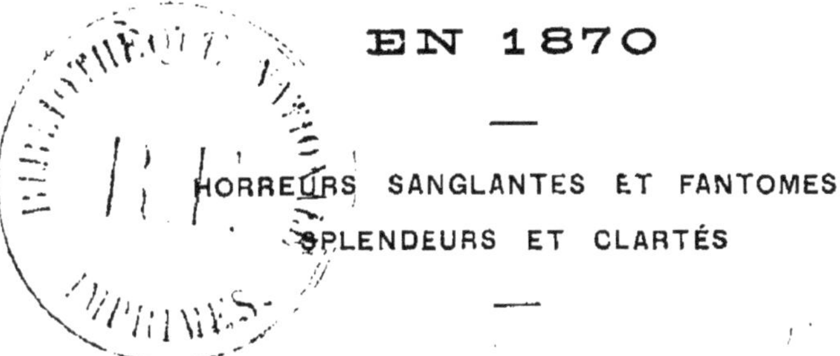

HORREURS SANGLANTES ET FANTOMES

SPLENDEURS ET CLARTÉS

LÉGENDE FANTASTIQUE

PAR

CAMILLE ROBERT

Omne pro Patria per Rempublicam.

PARIS

Imprimeries et Librairie administrative et des Chemins de fer

PAUL DUPONT

41, RUE JEAN-JACQUES-ROUSSEAU, 41

1884

EXPLICATION INDISPENSABLE

Il est des écrivains très nombreux et quelquefois très célèbres qui font de la politique pour faire de la littérature.

En composant cet opuscule, nous fîmes, au contraire, de la littérature pour faire de la politique. Ceux-là sont les vendeurs de la parole et de la plume et doivent assumer la responsabilité redoutable de bien des sophismes et des utopies qui hantent le cerveau des humains et, pourquoi ne pas le dire? des citoyens français, et cela parce qu'au lieu de chercher des mots pour exprimer des principes, ils cherchent, à l'inverse, des principes pour se payer le plaisir de les traduire par des mots : de là des exagérations coupables, puisqu'elles viennent de la tête et non du cœur.

Ceux dont nous avons adopté la manière de procéder, sans être guère plus exempts que les autres d'exagérations, de sophismes ou d'utopies, loin d'en être répréhensibles, peuvent, en quelque sorte, s'en glorifier. Leurs erreurs prennent source dans la générosité des sentiments et dans la grandeur du but poursuivi.

L'apôtre d'une idée est invinciblement entraîné par l'enthousiasme, au-delà de la voie lumineuse de la vérité. Si c'est là son travers, sa faiblesse, n'est-ce pas aussi son excuse ? Un froid rhéteur n'a pas la sienne.

Quoiqu'il en soit, ces deux façons de procéder, pour différer essentiellement entre elles, n'en sont pas moins également défectueuses.

Pourquoi avons-nous employé l'une d'elles ? C'est que, pour nous, le contenant était susceptible de sauvegarder le contenu, la littérature, l'idée, et nous avons préféré un moyen qui nous permettait d'exprimer quelques utiles, quelques patriotiques vérités à un instrument plus exact et plus parfait qui eût été brisé entre nos mains. Qu'est-ce à dire, sinon que le franc-parler était prévu et puni par un code falsifié, que c'était par des jours ténébreux et que plus ténébreux encore se levait l'avenir : ce cher pays de *France* qui nous a nourris et nous a protégés, la *Patrie* bien souvent notre gloire et toujours notre amour était menacée du naufrage suprême. Le *Despotisme*[1] avait conspiré d'armer les uns contre les autres des citoyens qui naguère n'avaient pu résister tous ensemble à l'ennemi commun, et de préci-

1. 16 mai 1877

piter ensuite dans de coupables entreprises ce qui devait rester du reste de la *France*, avec la folie de l'expédition de *Rome* en plus et l'*Alsace* et la *Lorraine* en moins ! En attendant, il festoyait et voyageait, au bruit joyeux des cloches et des salves, les rues et les chemins pavoisés et enguirlandés, osant être léger quand il se préparait à être criminel, et comme s'il était besoin à ce scélérat endurci qui s'appelle la *Monarchie*, de se donner du « cœur au ventre » pour assassiner la *Patrie!* Mais les despotes sont classiques et *Mac-Mahon*, pour appeler le personnage par son nom, savait ses auteurs, depuis qu'un académicien était son premier ministre.

Son passage à *Bordeaux* fut l'équivalent de celui de *Louis Bonaparte*, dit *Napoléon le Petit*, avec cette différence qu'au lieu d'un accueil glacial, il lui fut fait une réception enthousiaste. Oui ! enthousiaste de rage et de douleur, de crainte et d'espérance, enthousiaste, non pour lui mais pour la liberté dont il était censé prendre soin et contre laquelle il conspirait. Et des centaines de milliers de voix acclamaient la République sur le chemin du *Président*, comme pour lui signifier les vœux et les volontés de la *France*. Point de paroles insultantes. Ce seul cri, cette seule clameur chaude, immense, sans cesse répétée : « *Vive la République ! Vive la République !* » Oh ! qu'elle était éloquente dans sa simplicité! vive la République ! c'est-à-dire : Vive la liberté, que vous voulez supprimer ! Vive la liberté, que votre devoir est de respecter! Vive la liberté, pour laquelle nos pères sont morts et pour laquelle nous sommes prêts à mourir! Et il y avait, dans ces acclamations vibrantes des fureurs contenues, des reproches, des menaces terribles et parfois quelque chose de digne, de confiant, de joyeux, de correct. En constatant leur nombre, les patriotes se laissaient entraîner par le charme de l'espérance : il n'était pas possible que la liberté succombât, quand il se trouvait tant de cœurs pour l'aimer, tant de jeunes hommes pour la défendre! Oui! ce fut un spectacle émouvant et superbe qui consola des cœurs déchirés par l'appréhension de nouveaux malheurs pour notre infortuné pays, où chaque citoyen mit toute son âme et toutes ses forces dans sa voix, qui montra toutes les classes, tous les sexes, tous les âges réunis dans le même amour et le même effroi, et la foule immense restant calme, solennelle, courtoise, admirable dans sa colère.

Et c'est ainsi que ceux qui n'étaient rien par l'âge et le talent, voulurent apporter leur pierre à l'œuvre de propagande pour la *Paix* contre la *Guerre*, pour la *Patrie* contre *Bismarck* et de malheureux *Français*, ses complices par aveuglement. Celui qui parle fut de ces petits, grands par la bonne volonté et le dévouement. Croyant que l'œuvre de sa plume pouvait être utile, il l'écrivit ou plutôt il improvisa, en quelques jours, la brochure qui suit : il la destinait au public. Mais des obstacles s'opposèrent à l'exécution de son projet et ce travail resta caché. En présence de la réalisation si surprenante de ses plus audacieuses espérances, il le livre aujourd'hui au lecteur avec confiance.

Il n'a rien voulu changer à la rédaction primitive, tenant à respecter la destination et l'originalité de cet opuscule. Il n'ambitionne pas d'hommages. Il ne veut pas et ne croit pas qu'on dise : Voilà l'œuvre d'un écrivain plein d'avenir ! mais seulement ceci : Voilà ce que craignit, et ce que souhaita et entrevit pour la *Patrie* un jeune homme de quelque vingt ans, par des jours sombres !

Puisse maintenant le public être indulgent et sympathique pour un travail effectué dans de pareilles conditions !

L'apparence du but littéraire, en nous menant peut-être à des exagérations de teinte et de mesure, sauvegardait et protégeait la réalité du but politique, et c'est pourquoi elle nous sera pardonnée. D'un autre côté, cette apparence, cette forme si imparfaite pourtant, tout en gardant la réalité et le fond des rigueurs de l'autorité, nous a semblé la garder en même temps de l'indifférence du lecteur rassasié de glaciales dissertations. Notre conviction a été que l'imagination, le fantastique étaient plus susceptibles d'attirer et de retenir l'attention que le style d'un « premier Paris », et c'est ainsi qu'au lieu de nous attacher à argumenter, nous nous

1.

sommes surtout attaché à peindre. Que si l'on m'objecte que c'étaient là de pures illusions d'auteur candide, on fera une remarque bien inutile. Je ne cherche pas à prouver, comme beaucoup de nos docteurs, que ce que j'ai fait est bien fait. J'explique seulement comment j'ai employé tel moyen plutôt que tel autre, voilà tout.

Si quelque voile trop épais couvre parfois ma pensée, il faut en accuser non seulement mon inexpérience, mais la difficulté de parler par allégories. Il serait aisé de tout éclaircir, mais ne serait-ce pas dénaturer un travail dont l'originalité constitue peut-être le seul mérite?

Le lecteur n'oubliera pas qu'il nous fallait rester fidèle à l'hypothèse d'une vision, et représenter, au prix de quelques contradictions peut-être, la physionomie étrange, insolite du songe.

Un dernier mot pour clore cette trop longue explication : l'on ne manquera pas de nous faire le reproche de publier cet opuscule en un moment bien mal choisi ; on ajoutera plaisamment que les chimères de *Paix* et de *Liberté* que nous attachons au gouvernement de la *République* pouvaient trouver des crédules en d'autres temps, à l'âge héroïque du parti républicain, mais que l'événement les a si singulièrement démenties que la *Paix* et la *République* ne sauraient plus s'envisager sans rire.

Si l'on veut dire par là que nous sommes encore loin du but, j'y souscris de grand cœur ; si l'on veut dire que la liberté a ses tumultes, ses tempêtes, comme la fleur la plus charmante a ses épines, que le meilleur gouvernement a ses contradictions et ses abus, j'y applaudis. Mais que l'on ne vienne pas soutenir que nous allons au rebours des principes et que la *République* s'écarte, loin de s'en approcher, de la *terre promise de la paix et de la liberté.*

Ce sont des calomnies de sectaire que cela. Comment, à moins de contester l'évidence même, nier le chemin parcouru, la *France* relevée et renaissante, la paix civile assurée, de nombreux abus redressés, les citoyens libres, autant qu'ils peuvent l'être, dans leurs écrits, dans leurs discours et tout un peuple immense courbant la tête, non sous le joug, mais sous les lois? N'est-ce donc pas une partie du but que cela? Et mille années de *Monarchie* en ont-elles fait autant? Ah! mais la *République* est belliqueuse: elle porte ses armes à *Tunis*, à *Madagascar* et jusque dans l'*extrême Orient*. Que parle-t-elle donc de paix? C'est ainsi que le père *Loriquet* écrivait l'histoire. Eh! quoi! l'on ose assimiler des expéditions faites pour réprimer des maraudeurs et des brigands avec ces guerres criminelles, où le sang français coulait à flots pour le « bon plaisir » de *Sa Majesté très chrétienne?* Quel rapprochement raisonnable, légitime peut être établi entre le droit et l'oppression, entre ce qui fit la honte et ce qui fait la gloire d'un peuple, entre le travail des ténèbres et l'œuvre fécondante du progrès? Mais ces récriminations elles-mêmes démontrent l'utilité, l'opportunité de cette publication : l'hydre de la *Monarchie* ose relever sa tête hideuse, à la faveur des divisions des gens de bien. Le *Coq gaulois*, après avoir fait la grimace, a daigné mordre aux fleurs de lys : la fusion est faite et le petit-fils de *Philippe-Égalité* a ramassé dans le panier de la guillotine le testament de *Louis XVI*. Encore un coup, et l'archevêque de *Reims* ira dénicher le dernier flacon d'essence de sainte-ampoule et des milliers de goinfreux et de crétins s'achemineront à petites journées vers la ville du sacre, afin d'entendre dire par Sa Majesté : *Le roi te touche : Dieu te bénisse !*

En vérité, il y avait une malade que la *Monarchie* a touchée pendant de longs siècles et qui ne s'en est pas mieux portée ; c'est la *France*, que les rois et empereurs ont couverte de sang, de ruines, d'opprobre. Et c'est pourquoi il convient de recommencer une épreuve qui a si bien réussi !

Quoiqu'il en soit, c'est le moment d'opposer aux blasphèmes odieux, aux calomnies intéressées de ceux qui se ruent vers l'esclavage, un acte de foi et d'espérance en la *Paix* et la *Liberté* républicaines, trop heureux si ma faible voix pouvait toucher quelques cœurs et contribuer à faire aimer la *Liberté*, à faire craindre et détester la *Servitude !*

CAMILLE ROBERT.

RÊVE ÉTRANGE

DE

FRANZ L'ALSACIEN

PROLOGUE

La nuit, le froid et l'aquilon sur la masure.
Le grand-père et le petit-fils.

I

Assise sur le bord de la route de X... à X..., éloignée environ de trois kilomètres du village de X... situé aux portes du grand et malheureux *Strasbourg* et détachée de ce village, comme une sentinelle avancée, une pauvre chaumière de planches peintes en rouge pour simuler la brique et cacher un coin de misère, gémissait sous l'âpre bise de décembre *1870*, tremblant seulette. La route était déserte : seuls cheminaient rapides les souffles glacés et les ombres.

L'heure? Il n'est pas en tous lieux de clocher légendaire pour la transmettre à l'écho. Sous ce toit désolé, l'oreille eût à peine perçu les vibrations vagues et lointaines d'un beffroi. A la profondeur des ténèbres et aux accents dominateurs du vent, il était tard.

II

Ce chaume, si parfaitement inhabitable, était habité : deux êtres touchant aux côtés opposés de la vie : un vieillard et un adolescent, un aïeul et son petit-fils, précipités par des infortunes récentes de l'aisance dans le dénûment, tels les hôtes de la masure. Le vieillard répondait au nom de *Gérard*, le jeune homme à celui de *Franz*. Suivant la loi des malheureux, ils travaillaient le jour pour se suffire : c'était la nuit, ils reposaient.

III

Quel travail! quel repos! sur la terre de l'invasion, après le quasi-naufrage de la famille et de la *Patrie*, pour cet excédent d'homme et cet excédent d'enfant! Dépourvus tous les deux de la force requise pour aider à couvrir le cœur d'un pays dont les flancs étaient cruellement meurtris, ils avaient conservé ou acquis assez de sentiment pour le chérir. Or, le pays était à plaindre! En outre, le jeune homme n'avait plus de père, le vieillard plus de fils. Aussi s'entretenir en frémissant ou en pleurant de la *France* expirante, s'entretenir du *mort* au cours des pénibles labeurs des champs, entrevoir jusque dans le sommeil leur image triste et bénie, c'était pour ces infortunés l'invariable distribution des journées et des nuits.

IV

L'amour de *Franz* pour la *Patrie* vaincue dépassait l'affection de *Gérard* de la supériorité qu'a la sève qui monte sur la sève qui s'évapore, qu'a l'imagination capricieuse, mais ailée, mais intuitive et souvent superbement prophétique sur une expérience emprisonnée dans les mailles étroites des faits accomplis, cramponnée désespérément au passé, comme à la planche de salut, et pendant que l'aïeul se consolait du présent à l'aide des vieux souvenirs, le petit-fils séchait les pleurs versés sur la réalité sinistre pour adresser un baiser aux doux rayonnements d'un avenir lointain.

V

Or, la hutte disjointe laissait échapper des sifflements plaintifs, un bouleau voisin, gagné par le froid, agitait avec frénésie ses bras décharnés, et, bercé par ces bruits lugubres, l'adolescent faisait un songe.

LA VISION

PREMIÈRE APPARITION

La maison paternelle. — La voix du Mort.

I

Franz se trouvait dans une chambre spacieuse. Parquet luisant, murs tapissés de gracieuses dorures, meubles sculptés, lustres étincelants de lumière. Dans le premier moment, ébloui, ressentant un immense bien-être, croyant à un destin non seulement meilleur, mais inouï, il admirait... L'instant d'après, à l'enchantement succédait une satisfaction sereine : cette table coquette, c'était l'ancienne ! ce pupitre encombré de papiers, c'était l'ancien! les tableaux au fond bleu suspendus à la muraille bigarrée, il les connaissait bien, il les savait par cœur. Dieux! il tenait en mains le livre favori des beaux jours!

Plus de doute, c'était la maison paternelle radieuse, il est vrai, ordonnée, garnie comme jamais. Ce qu'il voyait jadis était là : que d'objets nouveaux cependant! Et *Franz* s'abandonnait à une aimable quiétude... Mais bientôt il sentait son sein se gonfler ; un calme morne régnait autour de lui et il était seul! Alors, passant insensiblement d'un sentiment profond de sécurité à une anxiété cruelle, et du contentement à la douleur, il gémissait, il s'entendait gémir!... Chose étrange : aux gémissements répondit le ronflement inégal de l'aïeul. *Franz* l'aperçut à ses côtés étendu sur son pauvre grabat.

II

Les lustres s'étaient éteints. Les ténèbres inondaient le vaste appartement et, cependant, au dehors, ruisselaient les feux éclatants du soleil.

Saisi de crainte à ce spectacle, *Franz* dirigeait des regards effarés vers une des fenêtres s'ouvrant sous le ciel, et le paysage environnant le gîte de l'enfance, apparaissait doux et triste... Surgit dans la campagne le chemin qui borde la masure, l'asile des jours sombres, hanté par les frimas : une ombre s'y montra, passa, s'évanouit.

Mais soudain la porte principale du logis grince et roule sur gonds.

Derechef, silence et nuit. . . . .

Une voix retentit grave, mélancolique, impérieuse

— *Franz! Franz!* disait, répétait cette voix.

Le jeune homme bondit, étreint par une suave émotion. La voix qui l'appelait, c'était la voix connue, la voix chérie du *père* qu'il avait pleuré! . . . .

DEUXIÈME APPARITION

La Montagne d'Or. — L'Abîme sanglant. — Chant de la Muse de la Gloire. — Le Temple de Mémoire.

I

Depuis un long instant, *Franz* se précipitait avec acharnement mais sans fatigue, comme si quelque force surhumaine l'eût emporté, quand il eut la sensation de l'immobilité, d'une immobilité invincible. Son regard, qui ne voyait plus, vit...

Devant lui, une montagne gigantesque formée de grains de sable : ce qu'il apparaît de plus grand composé de ce qu'il apparaît de plus petit. Le sable resplendissait comme l'or. Que dis-je? C'était de l'or, le plus brillant et le plus beau... Au sommet de ce mont, une statue de marbre éclatant de blancheur. Visibles, un seul versant de la montagne, un seul côté de la statue.

Franz était dévoré du désir de contempler ce que des splendeurs si parfaites dérobaient à son admiration. « *Comment me transporter*, se disait-il, *sur le versant opposé de la Montagne d'or ? Ce pic touche les cieux et mes forces sont épuisées ?* » — « *Sois satisfait!* fit entendre la voix sur un ton sarcastique. *Mais regarde à tes pieds, au lieu d'interroger la nue !* »

Franz baissa les yeux.

II

A quelques pas de lui, un précipice large, dentelé, aux trois quarts plein de sang.

Ces flots hideux bouillonnaient, mugissaient et une odeur suffocante, et de tièdes, d'horribles vâpeurs s'en échappaient. Au sein de ce lac empourpré, une grande barque filant impétueusement sous la double action d'une voile noire et d'un banc populeux de rameurs.

A la manœuvre, des hommes enchaînés par le milieu du corps; en guise d'avirons, ils promenaient majestueusement dans le sang de longues branches de lauriers; sur leur front plissé, l'enthousiasme et un insupportable orgueil pouvaient se lire.

Par intervalles, un de leurs groupes plongeait dans les ondes rougeâtres, à la recherche d'ennemis inconnus, et les yeux préalablement bandés. Une clameur immense et déchirante s'élevait du sein de l'abîme : c'étaient des cris farouches auxquels succédaient des plaintes aiguës,

2.

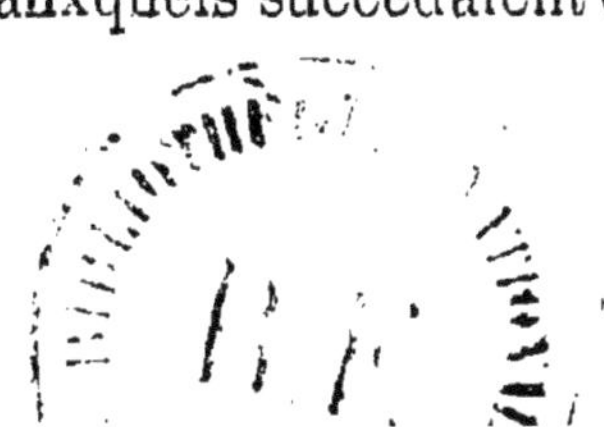

des gémissements prolongés et sur tous les tons, des soupirs et des râles, des imprécations et des pleurs. Il semblait toutefois qu'il n'y eût que des hommes aux prises avec des hommes. Mais bientôt geignaient douloureusement des voix d'enfants et de femmes. Sans doute, il se commettait dans l'abîme des milliers d'assassinats.

A la longue, les clameurs devenaient moins distinctes et, s'éteignant enfin dans le gouffre, laissaient régner un silence plus poignant encore.

La couleur des flots brunissait, l'odeur montait plus fétide, le nuage odieux plus épais et plus chaud et le reste de l'équipage acclamait en agitant ses fers.

Le pilote, libre de liens, tenait le gouvernail d'une main et, de l'autre, la chaîne maîtresse à laquelle venait aboutir celle de chaque matelot. Il ricanait et se prélassait d'aise, les cheveux parsemés de fleurs...

Il eut un moment d'hilarité folle : un récif se montrait. Déployant un effort suprême, il lance le vaisseau dans la direction de l'écueil, détache une chaloupe, l'enjambe dans un saut, rebrousse chemin et, reportant tour à tour la vue sur la barque qui vole impatiente au naufrage et sur son propre esquif naviguant en lieu sûr, il exclame : « *Moi seul suis grand !* »

Alors, un oiseau aux serres et au bec de vautour, au plumage de paon, vint planer sur l'abîme, un bruit mélodieux de harpes et de lyres frappa les airs, et le vorace éblouissant jeta ces mots d'une voix sonore et stridente :

III

Je suis la *Muse de la Gloire !*
Conquérants ! Entassez des morts.
Je chanterai votre victoire !
Tuez sans merci ni remords !

Ambitions, haines des trônes,
Faites couler le sang à flots
Et que se tressent vos couronnes
Dans les plaintes et les sanglots !

Salut à l'honneur qui s'achète
Sur la gorge des combattants !
Salut à la main qui s'apprête
A porter des coups éclatants !

Roi que j'aime, oh ! brise ce peuple,
Étonne la postérité.
Va ! si l'univers se dépeuple,
Tu gagnes l'immortalité.

Dédaigne cette renommée
Que brigue une sotte vertu :
L'intention est diffamée.
Veuille le mal ! Que risques-tu ?

Tu risques la gloire et l'empire.
Créer n'est qu'à Dieu réservé.
Détruis ! Et, si quelqu'un respire,
Affirme que tu l'as sauvé !

Affame une ville ennemie :
Tu seras un monarque humain,
En achetant la tyrannie
Aux survivants d'un peu de pain !

Il est vrai que je ne confère
Le titre de *cœur de lion*
Qu'au tueur que la mort révère
Et qui va jusqu'au million !

C'est trop ? Cinq cent mille charognes !
Mes corbeaux s'en contenteront.
Au moins, de plus près qu'on se cogne !
L'arme à feu sied au fanfaron !

Alerte donc ! Sus aux victimes,
Et j'unirai de gais accords
Aux hymnes des trépas sublimes
Aux cris triomphants des plus forts !

Fi donc ! L'univers devient calme !
Et mon bec, au milieu de l'air,
Pour rien ne lâche pas la palme
Faite d'un si beau cyprès vert !

IV

Il dit, prend son vol, se perd dans un nuage sombre... Plus d'abîme sanglant, de barque, de pilote. Un temple couvert d'inscriptions. Dans la nef médiane, des fantômes dansent en rond. Trois hommes et trois femmes. Les femmes sont échevelées et hideuses comme les Furies, les hommes ont le front ceint du diadème et portent l'épée au côté. Le groupe des danseurs se renouvelle incessamment. Ils ne font que paraître et sont aussitôt remplacés par une autre série de comparses. Les femmes, au contraire, prolongent sans varier leur galop infernal. Les hommes se succèdent toujours. Elles semblent infatigables. La ronde fantastique continue avec son horrible régularité et, pendant qu'elle évolue plus rapide que l'éclair, des acclamations retentissent de toutes parts : « *Gloire au grand Alexandre ! Gloire à César ! Vivat pour Attila, Tamerlan, Bajazet, Louis XIV, Napoléon ! Hommage au despotisme heureux !* »

TROISIÈME APPARITION

La table inabordable. — Un maître d'hôtel qui devient son unique client. — Son épitaphe.

La perspective avait changé! Une table couverte de mets succulents se dressait sur une éminence escarpée. Au pied du monticule, une foule affamée bourdonnait, impuissante à l'escalader.

Un être chétif et petit brandit un coutelas et dit : « *Braves gens, écoutez : Je sors d'une lignée d'hôteliers renommés. Hissez-moi, je vous prie, jusqu'à cette table qui vous allèche tant. Je m'engage sur l'honneur à découper et à servir prestement les morceaux.* » Le coutelas était non un coutelas d'hôtelier, mais un coutelas de boucher. Mais qui peut le plus peut le moins. Du reste l'instrument flamboyait si bien au soleil que son propriétaire méritait toute confiance.

Donc il fut fait la courte échelle et l'homme parvint sur la roche. Arrivée devant le festin, cette créature maigre s'abattit dans un large fauteuil et mangea. Longtemps, ardent à la besogne, l'homme demeura courbé sur les plats, se vautrant consciencieusement.

Enfin, il distingua les imprécations de la foule qui périssait d'inanition. Il haussa presque imperceptiblement les épaules et parut méditer. Soudain, il se découvre la poitrine, dans un geste superbe, comme s'il allait livrer son corps en pâture, et s'adressant aux affamés :

« *Vous tous présents et à venir, soyez témoins, dit-il, de mon extrême libéralité. Vous avez faim. Je crois être logique en vous conseillant de manger.* »

Et il distribua pompeusement les bribes du repas. Les plus agiles et les plus forts se saisissent des rogatons, les dévorent et célèbrent la magnanimité de l'homme qui digère.

Le gros de la tourbe murmure et maudit. « *Cessez ces plaintes*, interjette-t-il. *J'ai des mets exquis en réserve. Les voulez-vous ?* » Approbation presque unanime. Après avoir complaisamment compté les suffrages, l'homme descendit du banquet, armé du coutelas.

Il avait mangé dix-huit ans sans désemparer et, au bout de ce long et plantureux repas, s'il n'avait pas grandi, son ventre s'était singulièrement arrondi. « *Voilà de quoi vous régaler*, fit-il, en désignant une multitude lointaine. *En avant !* »

La foule s'ébranle et s'élance, l'homme ventru en tête. Au détour d'un chemin, celui-ci prend la fuite et, avisant un lambeau de chair qui s'était collé à son vêtement, il le déchiquette en pleurant . . . .

Les cadavres jonchaient déjà le sol. Derrière un monceau d'armes et de corps se dessina le profil effrayant d'un squelette. Le crâne inondé de sueur, il s'avançait, à pas comptés, vers l'homme, lequel en ce moment s'acharnait à dépouiller un os sale. Le squelette pressait dans sa droite une faux ébréchée et toute dégoûtante de sang et, de l'angle arrondi de son arme flottait un long carré de bois, au fond noir, portant ces vers tracés en caractères blancs :

Ci-gît un gastronome, hôtelier soi-disant,
Qui grugea le morceau le plus appétissant,
Alors qu'il promettait délicate pitance
Au pourvoyeur naïf qu'il maintint à distance.

Hélas ! rien ici-bas ne peut s'éterniser :
Il dut bientôt songer à réorganiser
Par un projet nouveau sa combinaison fausse :
Boucherie il monta ; la viande était en hausse !

La concurrence aidant, ce commerce avorta.
Alors tout fut perdu. Notre pays tomba.
Un souvenir ému tient au cœur de la France :
Le pauvre homme mourut d'un excès de bombance !

QUATRIÈME APPARITION

Le champ funèbre des nations. — Sépulture de la France. — Prières mortuaires. — Lumière et azur. — Anathèmes.

I

La vision avait disparu emportant dans ses plis sa tourbe d'affamés, son horrible glouton, l'appétissante table, le spectre et l'épitaphe. *Franz*, en proie à d'incessantes terreurs, se tordait sur sa couche et poussait des soupirs qui parfois empruntaient quelque chose du râle. A demi-éveillé par cette force salutaire faite d'instinct et de volonté qui sait nous arracher à temps aux angoisses d'un rêve pénible et à la catastrophe finale du cauchemar, il percevait les craquements de la cabane sous la rude caresse de l'aquilon et le bruissement prolongé du bouleau.

Au demeurant, rien d'étranger, rien d'effrayant dans la masure ; tout était noir, tout était froid et, n'était la voix solennelle et presque régulière de la nature, tout était paisible.

L'adolescent fut rassuré. Insensiblement, il perdit, à la faveur de la fatigue, la conscience de son être...

Ceci dura longtemps... Puis, étonnement douloureux, appréhensions vagues. Cet étonnement et ces appréhensions augmentèrent bientôt jusqu'au paroxysme...

Quelles régions maudites! plaines sans fin, nature desséchée et flétrie, fosses béantes, débris de croix et de mausolées. A droite, un monument funèbre d'une modeste élévation et peu outragé par le temps. Pour ornements, une mousse jaunâtre. Au frontispice, entouré de larmes creusées dans la pierre : « *1794. Ci gît la Pologne décédée avec la participation et les regrets de tous. Pleurez son malheureux sort : on ne l'aima qu'une fois morte.* » Non loin de là, deux mausolées en ruines, d'une grandeur inusitée et presque égale, le premier affectant la forme d'un temple romain, le second, celle d'un temple grec, l'un sobre, triste, lugubre, l'autre élancé, gracieux, presque coquet.

Sur tous les deux cette inscription identique qu'il est plus facile de deviner que de lire :

« *Ceci est un cénotaphe élevé en l'honneur de Celle qui a disparu depuis longtemps mais qui peut-être n'est pas morte.*

« *Gardez-vous de vous lamenter. Si son existence a réellement fini, ce qu'on ignore, elle décéda dans la gloire et vivra dans l'éternité !* »

Çà et là des pierres tombales portant seulement un nom, comme ceux-ci : *Babylone, Ninive, Carthage, Jé-*

rusalem (cette dernière pierre à demi relevée comme après une exhumation), *Grenade* et bien d'autres noms impossibles à déchiffrer, même avec la plus patiente attention.

Immense solitude où nul être vivant ne se voyait et où l'on entendait pourtant les allées et venues de corps légers comme des fantômes. Il semblait même que ces sortes de spectres invisibles faisaient un bruit étrange dont le crépitement glaçait d'horreur, comme celui de mystérieux chuchottements, de vagues plaintes, toujours les mêmes.

Derrière les mausolées jumeaux, le bourdonnement lugubre était particulièrement intelligible. Une ombre disait à l'autre : « *Dors-tu, Brutus? — Oui!* répondait une voix ferme, *je dors depuis bientôt deux mille ans, mais pas assez pour n'entendre toujours la vertu gémir! — Sais-tu*, repartissait la première, *si le Forum antique est toujours debout et si l'éloquence fleurit, comme de notre temps à Rome? — La belle affaire,* exclamait l'autre, *que l'éloquence! Je songe sans cesse à la vertu, qui décidément n'est qu'un nom! Et c'est pourquoi, si je n'étais déjà mort, je me percerais encore de mon épée!* » Une troisième ombre faisait des périodes où il était souvent question d'*Athènes* et d'un certain *Philippe de Macédoine*. Parfois, elle appelait fougueusement ce dernier, et toujours l'écho répondait : « *Ne sais-tu pas que les tyrans défunts sont muets et qu'on a le droit de leur dire toutes les injures sans qu'ils puissent répliquer un mot?* » D'autres voix déclamaient ou geignaient sur tous les tons. On eût dit une vaste cité dont les habitants avaient été subitement engloutis, et vivaient encore, pour ainsi dire, par le seul organe de la parole.

Au loin, roulement de char et traînée de lueurs mouvantes..... Ce bruit et ces clartés semblaient se rapprocher insensiblement..... Mais quoi! à peu de distance, ue nombreux cortège, aligné fort correctement derrière un catafalque à reflets de cuivre, cheminait avec gravité. Le catafalque était surmonté d'un trophée de drapeaux dont le fond tricolore était imparfaitement dissimulé par une couche de boue. Quelque main fiévreuse, sinon expérimentée, avait dû accomplir cette œuvre de souillure. Quatre maigres coursiers, criblés de blessures saignantes, traînaient en cadence le char. A leurs flancs, des pommeaux d'épées en éclats et des baïonnettes fumantes. Les assistants étaient des hommes blonds. Dans leurs yeux bleus tout clignotants tremblotait une joie immense qui affectait la modestie, la retenue et même, par lubies, un chagrin de bon ton.

Couverts de casques pointus, ils secouaient des torches innombrables, les couvant d'un regard inquiet et tournant la tête en arrière les uns après les autres, comme si, dans ce champ du repos silencieux et désert, ils eussent attaché une importance exceptionnelle à l'abondance de la lumière et à la grande affluence des spectateurs. De chaque côté du convoi, des soldats tenaient en joue le catafalque, le doigt sur la détente de leurs laids fusils, prêts à faire feu, à la moindre alerte.

Ils touchent maintenant aux bords d'une large fosse. Un mouvement rapide dans les premiers rangs du convoi et le cercueil est déposé sur le penchant du trou béant. Puis les torches sont soigneusement adossées à la bière ou à des pierres géantes et glauques qui jonchent le sol, les assistants se groupent en cercle autour de ces épouvantables illuminations; du sein de l'assemblée un étendard portant un hideux aigle noir aux ailes déployées et tenant dans ses serres une croix latine plus noire encore, est sinistrement arboré; toutes les mains, à ce signal, se joignent avec piété et un chœur de voix gutturales psalmonie cette prière :

O *France*, dors tranquille !
Repose dans la paix !
Sous ce linceuil épais
S'efface ton destin fragile.

Cependant l'avenir
Te berça de ses songes
Des plus flatteurs mensonges
Dont tu sus trop t'enorgueillir !

Gloires et destinées
T'avaient un jour souri,
Ton peuple favori
A vu d'assez grandes journées.

Va ! nulle jalousie
Ne glissa dans nos cœurs ;
Nous, tes admirateurs,
Nous applaudissions ton génie.

Mais tu portas tes pas
Jusque sur nos frontières,
Tes trompettes guerrières
Vibrèrent comme un triste glas,

Notre *Rhin*, dans sa course,
Vit ton drapeau flotter,
Et ses eaux s'agiter
Depuis la mer jusqu'à leur source.

L'heure prédestinée
Enfin a résonné,
La science a donné
Et ta couronne s'est fanée.

En te châtiant, sotte,
Nous fûmes un peu vifs,
Mais c'était bien ta faute :
Nous le jurons par ces grands ifs !

Quelques vieillards sans doute,
Quelques femmes aussi
Étaient sur notre route :
Nous les tuâmes sans merci !

Des têtes sans cervelle !
Grande perte que ça !
C'est faute vénielle :
Guillaume à *Dieu* la confessa

Souvent de quelque montre,
Chez le pauvre habitant,
Nous fîmes la rencontre :
C'était un butin bien tentant !

Satan, l'*Amalécite*,
De ces vols fut l'auteur ;
Puis, ce fut fait si vite .
Un tour de main : bonsoir, monsieur !

D'ailleurs, *Dieu* nous pardonne
Puisqu'il nous protégea :
Notre *Augusta* si bonne
Trois fois nous l'écrivit déjà !

A nous de commencer
A régner sur le monde,
La *Sagesse* profonde
A ce rang vient de nous placer !

France! dors! nos prières
Seront l'hymne éternel,
Dont le joyeux appel
Nous rangera sous nos bannières !

Par trois fois, le chant mortuaire est redit. Le cercueil roule, avec plusieurs grondements saccadés, dans la fosse, reçoit, en signe d'adieu, de libérales poignées de terre, puis, le cortège se disperse, entrecroisant des sanglots et des rires. Dans la tombe, plaintes sourdes, cris étouffés.

II

Tout était rentré dans le silence, quand un bruit épouvantable ébranla les nues.

L'atmosphère fut imprégnée de vapeurs si légères qu'elles paraissaient transparentes et qui, pourtant, ne laissaient entrevoir que d'autres vapeurs semblables à elles et faisant partie du même nuage qui couvrait tout.

Ces vapeurs projetaient une lumière incomparablement plus brillante que celle du jour, et qui, loin d'offenser la vue, était si douce et si suave que l'on ne se serait jamais lassé de la contempler; car une teinte d'azur d'un bleu tendre alternait avec ses reflets dorés, et ces ondes gazeuses, si elles n'eussent été — je ne sais combien de fois — plus subtiles que la matière, roulaient avec une rapidité surprenante, passaient devant les yeux en quantité inconcevable, sans que l'espace sans limites en fût moins rempli. Telle une immense agathe, aux reflets fascinateurs qui aurait accompli sur elle-même un mouvement de rotation d'une vélocité inexprimable, montrant presque à la fois deux couleurs : l'or et l'azur. Or, en roulant, ces nuées merveilleuses jetaient un fracas continu dont le bruit du tonnerre peut à peine donner une idée. Mais, si l'on y prêtait une oreille attentive, on eût dit que chaque grondement avait un *sens*, que chaque roulement était un *mot* et que ce crépitement éclatant fût une *Voix* superbe qui parlait aux nations, tantôt sur le ton de la colère, tantôt sur celui de la clémence ou d'une dédaigneuse dérision, mais toujours sur le ton de la majesté. *Elle* semblait surtout interpeller des atômes perdus dans son immensité radieuse, tels que des points noirs infiniment petits. *Elle* disait à l'un : « *Sois maudite pour avoir été jalouse jusqu'à laisser succomber ta compagne!* » à un second : « *Sois maudite pour avoir manqué de reconnaissance!* » Enfin, s'adressant à un troisième atôme plus gonflé que les autres, *elle* dit : « *Sois maudite, toi qui te venges!* »

Mais tout à coup l'espace s'obscurcit et le cimetière reparut avec de nouveaux mausolées et un rayon livide désignait l'un d'eux sur lequel scintillait un *casque à paratonnerre.*

CINQUIÈME APPARITION

L'ange de l'espérance. — Le cercle de l'avenir.
Désolation, Consolation.

I

Et *Franz* était debout, là, dans ce cimetière fantastique, envisageant, avec des sentiments contradictoires cette scène terrible. D'abord, une immense affliction l'avait saisi et il avait versé d'amères larmes. Puis, le spectacle éblouissant et solennel du météore gigantesque jetant l'anathème aux atômes noirs, tout en l'effrayant, l'avait consolé, et il avait battu des mains au spectacle du mausolée orné d'un casque.

Mais bientôt il revoit en imagination les faces blêmes du convoi et sa peine redouble... Parfois, une rage insensée dominant la douleur, il desserrait ses lèvres frémissantes pour jeter une imprécation à ces visages grimaçants qui l'obsèdaient. Tortures de damné! son palais ne rendait plus de sons. Irritée par l'obstacle, la fureur devenait du délire, et *Franz*, après avoir essayé de parler, essayait de rugir.

Vains efforts! sa gorge, comme sa langue, était frappée d'impuissance!

Accablé, terrassé, sentant le croc du désespoir s'orienter dans ses entrailles, déchirant de droite et de gauche, le jeune homme se laissait choir dans un abattement profond, comme dans les bras d'un sauveur. .....

Le contact d'une main dans sa main tira Franz de la prostration.

Il était tiède, il était doux, il était enivrant, ce contact! Une *jeune vierge*, vêtue d'amples vêtements d'un vert tendre, la tête couronnée d'une auréole resplendissante, à la marche inégale, tantôt lente, pénible, embarrassée, tantôt légère et rapide comme une envolée, menait l'adolescent à travers des sentiers parfumés et fleuris.

Ineffable était son regard, candide, enfantin son sourire! Et ils allaient tous deux, folâtrant, comme un jeune frère et sa sœur aînée, s'arrêtant quelquefois pour cueillir des bouquets aux buissons, pour contempler avec ravissement l'azur du ciel et les clartés divines du soleil.........

II

Singulière illusion! Les feux qui parsèment l'espace ne sont pas les feux du soleil : un X géant, scintillant à fleur de l'horizon, illumine tout !... Un portique monumental, qui demeurait invisible, s'est dressé, s'est ouvert précipitamment à un léger signal de la *Vierge*.

Déjà le seuil est dépassé. Sa main dans la main de la jeune fille, *Franz* scrute curieusement une enceinte dont il se voit environné. Circulaire est cette enceinte. Un feuillage épais, aux interstices fulgurants, en tapisse les contours. L'X brille maintenant au zénith sur un lit de nuages roses. Océan de verdure, Océan de nuées. Océan de rayons. Point d'issue. Mais plus on veut s'approcher, plus le cercle feuillu s'éloigne, s'agrandit.

III

Rien de cela ! Les degrés larges, granitiques, d'un escalier tournant. *Franz* et sa compagne le franchissent ensemble, ils l'ont franchi... Les voilà maintenant au centre d'une vaste esplanade. Je me trompe : ils ont un point d'appui qu'ils ne voient déjà plus, et, de tous côtés, ils dominent tout.....

Le vertige s'empare de *Franz*. C'en est fait ! il va se

broyer dans l'immensité ! La jeune vierge le soutient ; il retrouve la sécurité, la sérénité... Les pays, — j'allais dire les mondes, — se déplient, s'effacent, se succèdent avec une vélocité majestueuse, lugubres, nus. Ce sont des champs qui apparaissent : nulle végétation ! Ce sont des arbres : point de rameaux, point de chansons ! Ce sont des villes : nul habitant !

Que dis-je ? une femme suit mélancoliquement une voie déserte. Elle est jeune, elle est belle : elle n'a point d'enfant, comme un printemps ensoleillé qui n'aurait pas de fleurs ou quelque tiède automne qui n'aurait pas de fruits ! Ces solitudes sont navrantes : des sillons vaseux à la place des doux sillons de blé !...

Ciel ! des roues de canon embourbées dans une fange noire !... Ces plaines lamentables ne semblent pas jonchées de chairs fétides, de moribonds. Mais on sent instinctivement que ces tristes objets viennent à peine d'être enlevés ou ensevelis. L'horrible *Destruction* n'est pas là. Qu'importe ? puisqu'elle a passé, dérobant ce qui lui faisait envie et brisant méchamment tout le reste ; car la *Destruction* est intelligente et cupide et voleuse, autant que destructrice et malfaisante : elle pulvérise les hommes pour enlever les choses et ne consume que les choses dont e'le fait fi ou qu'elle ne peut emporter... En un mot, les paysages fuyaient... et la *Désolation* restait accroupie, livide et silencieuse ; effrayante à force d'être immobile, livide et silencieuse !

Franz pleurait. Pleurait la vierge au sourire suave. . Soudain, elle retrousse noblement sa robe verte, et, tournant vers l'adolescent son visage éclatant de beauté : « *Frère*, soupira-t-elle avec harmonie, *tu vas bientôt cesser de me voir cheminer à tes côtés. Mais ne crains pas! Je serai néanmoins avec toi, comme je suis avec tous les infortunés qui me chérissent. Souvent on ne me voit plus. On me sent. Parfois même, on ne me sent plus. Que l'on me consacre un penser, et l'on me voit et l'on me sent : je suis l'Espérance consolatrice.* »

Elle se tut. Un crépitement d'ailes retentit. O les ailes blanches, les ailes pures qui s'ouvrirent et qui frissonnèrent! La vierge radieuse sourit encore à *Franz* et vole vers la terre. Elle effleure, en chantant, et les cités et les campagnes : tout renaît, tout se meut, tout se transfigure. Ce n'est pas encore un air de fête que revêt le tableau : c'est un air de vie! Les champs ont leur verdure, les cités ont leur bruit. La verdure est bien clairsemée, le bruit est bien léger. C'est seulement un peu de verdure. C'est seulement un peu de bruit. Mais ce n'est plus le néant! c'est un peuple!..... Un *Être* se détache de l'immensité. Il monte, il monte encore, lentement, péniblement, superbement, comme un géant tombé qui se relève : c'est une femme... Quelle femme! Elle couvre tout, et sa tête heurte le ciel gris! Que de blessures, que de balafres sur ce corps monstrueux! Il chancelle, il se replie sur lui-même. Mais il est debout, il vit, il a retenu sa grande âme! O douleur! un de ses bras est mutilé. Mais le bras valide étreint sans faiblesse un pesant instrument de labeur.

A ses pieds, un glaive au fourreau.

Et *l'Ange de l'Espérance* est là, embrassant, consolant reconfortant la *Mutilée*. Elle fait un signe : une étoile ou plutôt une émeraude s'allume sur le front de la *Blessée*; une multitude innombrable surgit de toutes parts et se range en silence autour d'elle, comme une immense famille autour d'une mère.

« *O ma chère Patrie*, s'écria *Franz*, le cœur palpitant d'émotion, *n'est-ce pas toi qui m'apparais et qui sors victorieuse du tombeau? O tendre objet de mes soucis et de mes peines! tu n'étais point morte puisque je te vois, je te touche, je baise tes pieds vénérés.* »

Comme il disait ces mots, l'*Ange de* l'*Espérance* s'approcha de lui : « *C'est la France qui se réveille!* » murmura-t-il d'une voix plus légère qu'une molle brise.

Et aussitôt il pose un doigt rose sur ses lèvres, comme pour recommander le silence et s'éloigne. Le jeune homme le cherchait des yeux. Mais il ne vit que la silhouette confuse d'un nouveau venu, qui semblait converser avec la *Mutilée*. Bientôt une parole retentit nettement à son oreille : « *Souviens-toi!* disait-on à la *blessée. Souviens-toi encore! Souviens-toi toujours!* »

Franz éprouvait encore le tiède contact de la main de la vierge dans sa main.

SIXIÈME APPARITION

Une échappée de bonheur. — Un duel par procuration. — Une guerre étrange. — Le lutteur qui s'avise d'être médecin. — Batelage et bâillonnements. — Horribles pîtres. — Trois pilotes pour une barque. — Lutte sur le bord d'un abîme. — Délivrance et victoire.

Cependant, au plus fort des angoisses et des anxiétés dont l'esprit du jeune homme était hanté, son corps frêle et chétif s'était quelque peu dépouillé des loques étendues sur sa misérable couche. Le froid piquant qui sévissait l'avait saisi, et, sous cette influence, la pensée vagabonde de l'adolescent s'était portée sur les autans et les frimas. Il revoyait les neiges éclatantes du grand chemin, la source glacée qui serpente dans la prairie, son vénérable aïeul blotti tout tremblant devant l'âtre. Songeant ensuite à la branchée sèche et menue qu'il allait ramasser dans le bois pour raviver les membres engourdis du vieillard, à la flamme claire qui, lors de la veillée, effectuait dans le foyer une danse folle, Franz avait l'impression d'une sensation agréable.... Il faisait chaud. Il faisait bon. L'air arrivait par bouffées délicieuses. Plus d'hiver, mais un printemps enchanteur. Le pays était d'une grâce aimable. Le ciel était tout azur. La campagne était toute fleurs. La fleur était toute parfums. Le tableau présentait autant d'animation que de douce et fraîche coquetterie. Les champs fertiles étaient remplis de laboureurs et de vignerons vaquant gaillardement à leur besogne et ne l'interrompant que pour entonner un refrain parfois un peu leste ou pour donner une accolade à leur gourde rustique, où pour s'étendre au pied d'un arbre aux rameaux ombreux. Des essaims de jeunes femmes et de fillettes se poursuivaient follement au milieu des sillons, des prés ou des vignes et leurs rires aigus éclataient partout. Les animaux domestiques payaient tranquillement leur tribut d'aide à leur maître ou paissaient l'herbe tendre tout leur saoul. Et la nature ensoleillée mêlait son rythme harmonieux à la voix humaine. Tout semblait joyeux, confiant, content du présent, sûr du lendemain ; tout, jusqu'au bruit confus des villes qu'apportait l'écho, et dont les édifices lointains allaient se perdre dans le bleu du ciel, semblait signifier la paix féconde, le bonheur pur.

« Belle nature! aurait-on dit, à cet aspect! Bonnes et braves gens! Heureux peuple! »

II

Survinrent deux individus d'une physionomie grotesque. Leurs vêtements étaient pompeux, et leur attitude bouffonne. Ils portaient sur le front une couronne de lauriers si singulièrement arrangée que l'on eût dit de loin un bonnet d'âne. C'étaient deux frères. Du moins ils n'avaient cesse de s'appeler ainsi et de se faire mille protestations d'amitié. A la ceinture dorée de chacun d'eux pendait un glaive flambant neuf, qu'ils considéraient à la dérobée avec un orgueil manifeste.... Au cours de leurs civilités, ile se mirent à dégainer, non sans une insigne gancherie. Après quoi, l'arme au poing, le premier prêta l'oreille, comme à la voix d'un invisible souffleur, et dit d'un air farouche : « *Cet azur, ces fleurs, ces parfums sont à Eux!* » L'arme au poing, le second, après avoir tendu l'oreille à son conseil mystérieux, répondit sur le même ton : « *Cet azur, ces fleurs, ces parfums sont à moi!* » — « *Il me faut tout cela!* » reprit le premier. — « *Ils l'auront et non vous* », riposta son baroque interlocuteur, se contredisant comme l'autre s'était contredit!

Ce dialogue terminé, ils remirent en tâtonnant l'épée au fourreau et s'embrassèrent tendrement. Puis, marmottant quelque chose comme une prière, ils s'écartèrent et disparurent chacun d'un côté opposé.

Sur l'un et l'autre point, un amas d'hommes les

remplaça subitement : « *Guerre!* vociféra la multitude du nord. — *Guerre!* redit fougueusement la multitude du sud.... » En ce moment, *Franz* distingua, entre les deux armées, un bassin d'eau pure dans lequel le croissant de la lune venait se réfléter. Il lui sembla que ces peuples étaient des enfants ou des fous et que l'image de l'astre argenté faisait l'objet de leur litige!

III

Un lugubre incendie rougissait l'horizon de toutes parts. Retentissait la canonnade. Des soldats accouraient, se rangeaient en bataille, attaquaient, défendaient, et c'étaient des vieillards, des femmes et des enfants qui tombaient. Leurs corps défigurés, percés de blessures affreuses atteignaient la hauteur d'une cime. Le sang coulait en ruisseaux, et ces ruisseaux de sang, des prêtres, en habits de fête, les bénissaient.... Peu à peu le sol but tout ce sang, mais la teinte écarlate y resta imprimée. Les prêtres continuaient à tenir leurs bras étendus vers la terre, et l'on eût cru des gens qui venaient de laisser échapper un horrible manteau de pourpre... C'était bien le pays riant qui s'était déroulé peu avant dans sa grâce paisible et mignonne. Des armes brisées, des pyramides de cadavres, du sang partout, et les lueurs sinistres d'un vaste incendie pour éclairer le tableau, voilà ce qu'étaient devenus tant de beautés champêtres, et les campagnes radieuses, et les fleurs, les parfums et le doux azur teinté de rose!...

IV

Franz détourna ses yeux de là et se prit à méditer douloureusement[1]. . . . .

Il se remémora qu'il y avait jadis un malade réduit à l'agonie. Ce moribond avait évité le trépas et entrait en convalescence.

En fouillant avec peine dans ses souvenirs, le jeune homme inféra que ce convalescent était son père, c'est-à-dire le *Mort*.

Or, le père de *Franz* était en compagnie d'un homme coiffé d'un tricorne sur lequel se lisait le mot : Médecin. Il fallait bien cette indication, car nul qui ressemblât moins à un médecin que cet homme. Vêtu à la façon des lutteurs de foire, il étalait ses muscles d'un air à la fois content et bourru. Du moins, s'il jouait un rôle, s'y appliquait-il de son mieux. Il présentait au malade une liqueur vermeille et séduisante. Celui-ci allait y goûter... *Franz* poussa tout à coup un cri d'épouvante : il venait d'avoir la pensée que le remède était un poison, et le médecin, un bourreau !...

1. Les descriptions précédentes font allusion à la guerre entre la *Russie* et la *Turquie*, qui coïncida précisément avec cette autre guerre entre les gens du *16 Mai* et la *Patrie;* celles qui suivent (jusqu'à la fin de ce chapitre) caractérisent, au contraire, l'aventure même du 16 Mai.

V

O bonheur infini! Le malade n'était pas le père de *Franz!* Le jeune homme s'en félicitait et voyait avec une sorte d'indifférence la coupe empoisonnée approcher des lèvres de la victime, lorsqu'une inquiétude indicible se peignit sur les traits de l'infortunée.

Sa face, par l'effet d'une transformation inexplicable, était douce comme celle d'une jeune femme. La pauvre créature tente d'échapper à la mort : elle se rejette en arrière et repousse convulsivement la coupe maudite. Son bourreau s'opiniâtre et porte de force à sa bouche le breuvage fatal qui, plus que jamais, paie de mine. Des pygmées grimaçants apparaissent, et, les mains jointes, d'un air béat, s'écrient : « *Sauvez-la malgré elle!* »

O douleur! la victime qu'on assassine, c'est la chère *Mutilée* que l'*Espérance* aux ailes blanches a ressuscitée et qu'elle a nommée la *Patrie!*

VI

Après tant d'émotions, *Franz* avait été privé de nouveau du gouvernail de ses idées. Le cerveau hanté de fantômes agitant bruyamment des clochetons de toutes les grosseurs, frappant à coups redoublés sur des cymbales et des caisses, le tout additionné d'appels incohérents semblables à des boniments de foire, il divaguait. Ces fantômes avaient l'apparence de saltimbanques en goguette, et Franz ne pouvait pas moins s'empêcher d'envisager en eux des personnages célèbres qu'il désignait par leurs noms et leurs qualités. S'adressant aux plus désopilants de la bande, il les qualifiait « *d'Excellence, de duc, d'Éminence, de maréchal* » et d'autres épithètes de ce genre. Un reste de raison lui disait bien quels pitres figuraient devant lui, mais il ne venait pas plutôt de le reconnaître qu'il s'acharnait à leur appliquer les titres les plus élevés. C'était, à ne pas s'y tromper, la folie dans le rêve, et c'était peu étrange, puisqu'au dire de certaines gens, saines elles-mêmes, bien entendu, la majorité des humains divague tout éveillée et ne mérite pas qu'on la consulte, sinon pour lui désobéir.....

Quoi qu'il en soit, le fracas des tambours avait pris le ton du fracas des nuages. Plus de couleurs! On ne percevait que le bruit : la tourmente était effrayante. Elle était aussi solennelle. Plus solennelle qu'effrayante. Une lutte forcenée dont les piétinements, les cris, les soupirs alternaient avec les grondements du ciel, s'engageait dans l'ombre. On eût dit un être que l'on voulait enlever ou entraîner et qui opposait une résistance énergique.

Peu à peu les clameurs et les plaintes se ralentirent comme sous l'action d'un bâillon. L'orage traça dans la nue son paraphe brillant, comme pour attester la tempête, et le jour effrayant de l'éclair mesura soudain l'étendue.....

Le *précipice sanglant* était là, fumant, béant, ouvrant sa gueule dentelée. Deux barques louvoyaient dans l'horrible lac, engageant entre elles une course furibonde. Les matelots enchaînés se courbaient sur leurs étranges avirons, et l'on entendait retentir le commandement âpre des nautonniers couronnés de fleurs.....

Elles virent de bord maintenant, et, contournant l'abîme, dans une manœuvre savante, viennent en raser les récifs, voguent encore et jettent l'ancre, alignées comme au départ..... Assis tranquillement à la barre, les deux pilotes firent de la main des signaux à quelqu'un qu'ils semblaient entrevoir en dehors du gouffre, dans le lointain, comme pour l'inviter à les rejoindre. Ces deux individus, dont le visage était devenu distinct, depuis qu'ils s'étaient rapprochés, n'étaient autres que les bons frères « à l'épée toute neuve, grands amateurs de ciel bleu, de fleurs, de parfums ». Une consternation profonde se peignait, par degrés, sur leurs traits; car, malgré leurs appels, nul ne venait encore à leur fête..... Que dis-je? un vague écho apportait, par intervalles, des bruits de pas et, à mesure que l'on écoutait, ces bruits d'abord confus, imperceptibles, augmentaient en intensité et grandissaient en se rapprochant... Oh! quel crime odieux se prépare!... J'entends les plaintes d'une femme que l'on veut noyer dans le gouffre. Elle résiste, car sa voix s'éloigne et se rapproche tour à tour. Mais les assassins sont les plus forts, et le meurtre sera consommé!... Eh! quoi! c'est la troupe baroque des pîtres qui fait ce tapage et simule des pleurs, des cris, des sanglots!

Les voilà sur la crête du précipice : ils sautent, ils dansent, ils rient, ils sont ravis de contempler un si beau spectacle, et, quand ils les ont vus si gais, les pilotes, du fond du gouffre, ont organisé, avec leurs marins, d'autres sauteries.....

Les bouffons, en dansant, ont formé une ronde où vient d'entrer quelqu'un qui se lamente. O ciel! c'est la *Géante mutilée!* c'est la *Patrie* infortunée!.....

Elle se tient immobile au centre de la ronde échevelée, et toise fièrement ses persécuteurs. Elle les domine — je ne sais combien de fois — de sa haute stature. En abaissant seulement son bras nerveux, elle écraserait quelques ennemis. Elle a dû sans doute céder au nombre, ou ne s'est arrêtée dans sa résistance que pour reprendre haleine et en finir d'un seul coup. En attendant, les grotesques pygmées exultent et redoublent leurs rires de crécelle et leur danse folle... Trois d'entre eux se détachent et se dirigent vers la chère victime. Ils sont insensiblement plus grands que les autres et affectent un air langoureux. Les *deux premiers* ont déjà saisi la Géante par les pans de sa robe et s'efforcent de l'attirer chacun de leur côté, comme pour la baiser et prendre un gage. Or, en la tiraillant, ils lui disent à la fois : « *Ne vous laissez pas, de grâce, toucher par ce vilain, ma mie; car, en vous embrassant, il est capable de vous étouffer! Moi seul, je suis digne de vos faveurs, et seule ma flamme est pure et sincère!* » Le *troisième* se tient coi, et, les yeux levés vers le ciel, murmure, comme dans un aparté : « *Elle fait la prude, la petite. J'aime mieux ça qu'une jeunesse effrontée. C'est le vieux style, et c'est ainsi que les jouvencelles savaient sauver les apparences, au temps de mes pères ! Après tout ce manège, la chère âme va tomber dans mes bras et les principes seront intacts. D'ailleurs, je ne suis pas pressé, et l'heure est à vous, ô mon Dieu !* »

Pendant qu'ils discouraient ainsi, le chœur des pitres, répétait sans cesse : « *Allons ! dansez, la belle ! Dansez !* ». Soudain, ils se ruent tous ensemble sur la malheureuse comme pour la jeter enfin dans l'abîme.

Ce qui ne les empêchait pas de bavarder en même temps : « *Madame*, disait l'un des plus acharnés, sans desserrer les dents et sans cesser de la pousser en avant de toutes ses forces, *madame*, disait-il, *vous avez donc décidé de faire une petite promenade en bateau ? O quel touriste délicat vous êtes ! Comment mieux choisir l'heure et le lieu pour le plaisir d'une excursion nautique? Voyez quelle douce brise enfle ces magnifiques voiles noires et ride la surface de ce beau lac. Ses eaux sont d'habitude plus pâles. Mais aujourd'hui elles sont d'un joli rouge!... Oh! madame, par faveur, n'allez pas si vite! Notre batelet de plaisance nous attendra bien !* »

En effet, une barque vide apparaissait dans l'abîme, entre les deux autres, ballottée par la vague horrible. Il n'était besoin que d'un seul pilote pour la gouverner et les trois maîtres paillasses se disputaient cet honneur.

Ils en étaient venus aux coups et s'assommaient avec un égal succès. « *Hâtez-vous donc*, criaient des voix du sein du gouffre ! *Les vents sont propices ! nous sommes impatients de vous attendre ! Nous perdons un temps bien précieux !* »

Mais les efforts réunis de tous ces pygmées ébranlaient à peine la chère créature.

On eût dit que la vue du précipice, en affermissant sa résolution de résister jusqu'au bout, lui eût rendu toute sa puissance. Déjà les saltimbanques minuscules sentant leurs forces s'épuiser, s'interrogeaient avec des regards effarés.... Tout à coup la *Mutilée* se raidit et fit reculer de quelques pas ses agresseurs.

Des voix sépulcrales chantant les prières des agonisants venaient d'être apportées par le vent jusque sur le penchant de l'abîme et un hideux aigle noir était sorti des flots maudits et voltigeait en cercle autour de la troisième barque, dans l'attente de quelque proie...

La lutte fut interrompue à cet aspect et tout rentra subitement dans les ténèbres... Mais bientôt la mêlée recommença dans la nuit, plus bruyante et plus implacable. Le nombre des combattants paraissait s'être augmenté.

Était-ce un renfort pour les assaillants?

Était-ce un secours inespéré pour la victime?

Cette cruelle anxiété ne dura qu'un instant : un joyeux bris de fer fut entendu, et l'aurore venant à poindre éclaira un charmant spectacle.

SEPTIÈME APPARITION

Le trône de la France. — Hymne à la Paix et à la Liberté L'assemblée des Nations.

I

Un trône de fraîche ramée s'élevait, à l'abri d'un berceau d'oliviers et de chênes, enlaçant amoureusement leur feuillage. La *Noble Créature* délivrée de tant de périls siégeait sur ce trône champêtre.

Plus de vestiges de blessures ni de mutilation. Elle se présentait rajeunie, confiante, majestueuse, tenant la corne d'abondance d'où s'échappaient des flots de fruits et arborant notre superbe pavillon aux trois couleurs. Elle était libre et n'avait point d'esclaves. Elle était reine et ne portait que le doux sceptre de Cérès.

Elle était triomphante et restait pacifique et pure. Elle était calme et n'en était que plus heureuse.....

Sur un degré du trône, la vierge de la douce *Espé-*

rance se tenait joyeuse; sur sa petite bouche rose voltigeait son sourire aimable, et cette main charmante dont *Franz* sentait encore la pression, unissait les mains de deux jeunes filles blondes et jolies comme elle.

L'une, altière, presque dédaigneuse, aux formes déliées, au regard pétillant, mesurant l'étendue avec convoitise et passion.

L'autre, modeste, rougissante, robuste, tranquille, embrassant de son bras resté libre un des chênes extrêmes du berceau protecteur, comme si elle eût constamment appréhendé d'être arrachée de ce séjour.

Plein de contentement à cette vue, le jeune homme alla s'agenouiller devant l'ange de l'*Espérance* et murmura : « *Béni soyez-vous à jamais, vous qui sauvâtes la Patrie !* »

Mais celui-ci le relevant; « *O frère, dit-il, ne m'attribue pas des bienfaits dont je n'ai pas toute la gloire.* » Et, ce disant, la vierge aux ailes blanches désigna d'un regard plein d'amour les jeunes femmes dont sa main unissait la main. « *Voilà*, fit-elle entendre, *mes compagnes chéries ! Elles ont accompli toutes deux cette grande œuvre de régénération et de salut ! Paix ! Liberté! Mes sœurs, recevez un juste tribut de reconnaissance et d'hommages !* »

Impuissant à donner libre cours à sa gratitude, *Franz* pleurait en silence. Mais l'aimable vierge de l'*Espérance* l'attira jusqu'à elle, et, inclinant affectueusement sa tête sur les épaules du jeune homme, sembla lui dicter cette invocation qu'il adressa aux vierges de la *Paix* et de la *Liberté* tout attentives :

II

I

Protectrice des champs, dont le sein blanc frissonne
Au bruit d'un belliqueux refrain,
Et qui fuis le sillon, quand lourdement résonne
Le mugissement de l'airain!

Messagère des cieux, timide et bienfaisante,
Dont l'œil limpide est plein d'attrait
Et qui sais nous combler d'une main languissante,
Ainsi qu'un doux lutin distrait!

Et vous, *Liberté sainte!* objet de notre hommage,
Colosse immense au pas léger!...
Sœurs! en vous séparant, on déchaîna l'orage
Qui marqua l'heure du danger!

Mais, du jour radieux où tomba la barrière
A grand effort mise entre vous,
Notre France, jadis gisant dans la poussière,
Est adorée à deux genoux!

Pourtant, quand secouant un joug vieilli d'années
S'il n'était plus vieilli d'abus,
Nos pères ont jeté les *fleurs de lys* fanées,
Ils ne touchèrent point au but.

En prenant l'odieux donjon de la *Bastille*,
Ils gagnèrent la *Liberté*.
Mais elle entrait... par l'autre porte de la ville
La *Paix* tremblante a déserté.

Gloire au grand citoyen qui, par des feuilles vertes,
Fit crouler les murs des prisons !
Honneur à nos aïeux ! Du moins, vengeurs alertes,
Ils punissaient les trahisons !

Ils furent terrassés ! Mais, suivant leur exemple,
Les combattants de *Février*
Ont, de nos droits sacrés, su relever le temple
Qu'avait détruit un bras guerrier !

La *Paix* allait unir les oliviers aux chênes,
Le travail à la *Liberté*,
Lorsqu'un brigand de nuit osa charger de chaînes
Un peuple ayant sa puberté !

Mensonge intéressé d'une lèvre princière
Avide d'un os plus épais :
« *La Liberté ! c'était la lutte meurtrière !*
L'esclavage, c'était la Paix ! »

O chère *Liberté !* tu t'offris en victime
Pour sauver les jours de ta *Sœur !*
Tu ne savais donc pas l'inévitable crime
Qui s'imposait à l'oppresseur ?

Tu ne savais donc pas que l'unique ressource
Du sceptre qui veut rester vert,
C'est le canon ? Qu'il prend la vie avec la bourse
Pour assouplir le bras qui sert ?

Le sort en fut jeté! La *Liberté* perdue
La *Paix* avait ses jours comptés :
César fut *Laridon !* Et la *France* éperdue
Vit choir ses enfants indomptés !

Que de douleurs encore ! O chroniqueur honnête,
Le trône, c'est donc le salut ?
Et cette *Liberté* suspend, sur notre tête,
Le glaive au noir fil chevelu ?

Le pays en jugea : Tous « donneurs de parole »,
Liseurs ambulants de discours,
Furent pesés au poids! Plus de souffleurs de rôle :
Le peuple dirigeait son cours!

En vain, l'ambition, évoquant la tempête,
Forte d'un triomphe sanglant,
Disait : « *La France en deuil! mon glaive l'a refaite :*
Qu'elle soit conduite en enfant! »

En vain, changeant de nom, la rage monarchique,
Tel le loup devenu pasteur,
S'affublait avec art d'un masque *académique*,
Pour s'abriter contre la peur!

La France devina le tour de batelage
Et flaira le déguisement!
« *Je tiens pour ennemi*, dit-elle, *ce visage*
Qui n'apparaît qu'obscurément ! »

II

O *Paix* et *Liberté !* Votre intime union
Dès lors a raffermi l'antique nation :
La *Gaule* a refleuri (le fol essaim des gloires
A brisé, dans ses jeux, l'urne des vieux déboires).
Partagez son empire ! Et faites immortel
Le culte que le monde offre à son doux autel :
Son joug tranquille et bon est suave de charmes !
Travail ! Progrès ! Vertu ! voilà ses seules armes !...
J'enregistre le fait : il faut marquer le droit,
Et du vrai l'équité triomphante s'accroît !
Pourquoi de vils tyrans louches et faméliques
Fouleraient-ils aux pieds nos mœurs, nos lois antiques ?
Nous sommes tous égaux, et le cruel félin
Fait un même régal du prince et du vilain !
Seuls des êtres créés, nous portons haut la tête :
Faut-il donc la courber, comme une ignoble bête ?
Mais nous serions bien pis ! Le fauve, dans les bois,
Connaît la *Liberté*, ne connait pas de *rois*...
Si, dans la royauté, vous cherchez la puissance,
Sachez qu'elle n'est rien l'idole qu'on encense !
Celui qui l'éleva peut bien la renverser.
C'est un jouet chétif qu'un enfant peut briser !
Hommes ! Si vous voulez un pilote suprême,
Prenez le plus savant, le plus sage lui-même,
Mais ce n'est pas un roi : tel est un grand esprit
Dont le père ou le fils jamais n'a rien appris.
Au prince intelligent succède l'imbécile,
Et le pire au meilleur, au maladroit l'habile.
Et chaque avènement est un coup du destin
Qui peut sauver l'État ou le ruiner soudain !

Plus souvent, en ce cas, le peuple perd au change :
Le défunt le grugeait, son successeur le mange !
Auguste avait pleuré quelques assassinats,
Mais *Néron* vous faucha le peuple et le sénat.
Romulus était pur, à part un fratricide ;
Mais *Tarquin* poussera jusques au parricide !
Claude était idiot, mais *Caïus*, furieux,
Des fléaux couronnés, le moindre fut le vieux,
Et l'on priait les dieux de conserver l'empire
Au tyran qui frappait, de peur d'en voir un pire !
O faquins insensés qui coassez en roi
Et qui trouvez pesant le saint joug de la loi,
Faut-il un soliveau ? Vous faut-il une grue ?
Choisissez ! Votre roi va pleuvoir de la nue !
Vous êtes donc bien las d'être vos seuls seigneurs !
Vous brûlez d'obéir ! sempiternels geigneurs !
Vous êtes possédés d'un étrange délire :
Dans l'attente des fers tout votre être soupire.
Vous rampiez : c'était peu. Vous glissez au ruisseau !
Comme si le dindon rêvait qu'il est pourceau,
Et, faisant fi du coin humide où l'on patauge,
Se forgeait doucement la chimère d'une auge !
Or, ça, soyez heureux, sans périls pour autrui !
Et, moyennant cela, riez dès aujourd'hui :
Vous savez en quels lieux on bénit la couronne,
Allez dénicher là de vieux débris de trône
Et placez-y, ma foi ! quelque chiffon mesquin,
Ainsi que dans les champs on poste un mannequin.
Puis, ne vous gênez pas, et le cœur rempli d'aise,
Dites : « *Mourons pour notre roi Marie-Thérèse!* »
Mais gardez pour vous seuls ces plaisirs innocents,
Un État ne vit pas d'eau bénite et d'encens!...
Comment, les nations ne sauraient plus s'entendre ?
Manque-t-il des déserts à qui voudrait s'étendre ?
Il faut les défricher ! augmenter nos essaims,
Plutôt que de forger des canons assassins.

Ce n'est pas trop de tous pour dompter la nature,
Désunis, divisés, chétives créatures,
Vermisseaux, à jamais nous tombons dans la nuit,
Quand, pour nous éclairer, un feu céleste luit.
Liguons tous nos efforts du couchant à l'aurore :
Les peuples compteront de beaux siècles encore !
Nos sillons généreux n'ont pas besoin d'engrais
De cadavres humains, par nos jours de progrès !
Le Destin pour l'enfant est de devenir homme,
Comme de parfumer est celui de l'arome ;
Et le Destin de l'homme est d'aimer ses pareils,
Comme l'attraction est la loi des soleils !.....
Mais, pour chérir la paix, ne soyons pas des lâches,
Il sied d'être craintifs aux grotesques bravaches !
Défendre son pays est au républicain
Ce que trahir le peuple est à son souverain.
En exposant ses jours pour la France qu'il aime,
Il combat pour les siens, il lutte pour lui-même.
Il eût vécu courbé sous un joug flétrissant ;
Il meurt libre et farouche, et frappe en périssant.
En volant au péril, il se rue à la gloire,
S'il expire en mortel, il entre dans l'histoire,
Et son nom brille enfin du radieux éclat
D'avoir donné ses jours au salut de l'État.
Du reste, en écrasant l'agresseur redoutable,
On assure à la paix un règne plus durable,
Et l'olivier fleurit où le héros tomba
Et la Liberté rit et chantonne tout bas !

III

Donc, par le sens commun des peuples proclamées,
Le front ceint de lauriers et de fleurs embaumées.

O Paix et *Liberté!* souveraines grandeurs,
Régnez au pur éclat de vos vives splendeurs!
Le *Destin* a souri, le bon droit vous entoure
Et qu'à votre signal, le genre humain accoure!
Vos bienfaits de nos cœurs ont banni le passé,
L'*Ange du souvenir* n'a plus l'air courroucé...
L'espoir montra le port, son aimable parole
Dore des horizons d'où la crainte s'envole.
Loin d'envier des chants et des hymnes guerriers,
Des combats éclatants, des exploits meurtriers,
O *France!* tu ne veux qu'équité, que justice
Et qu'austère vertu, pour vaincre dans la lice.
De la sanglante soif d'un vampire altéré,
Le pays sans retour se trouve libéré.
Il ne surgira plus de valets à livrées
Pour forger des maillons à nos chaînes brisées!
Libres et dans la *Paix*, la mort viendra frapper.
Nul ne peut s'y soustraire et ne peut échapper.
Heureux le citoyen utile qui succombe!
L'auguste *Liberté* couronnera sa tombe.
Mais pourquoi dire : mort, quand le pays renaît?
Et songer à la nuit, quand le jour apparaît?

IV

Désormais plus de pleurs, ô ma chère *Patrie*,
L'ouvrier vigilant ne songe plus au deuil.
Les champs ont reverdi, l'herbe n'est plus flétrie;
La *Honte* au fer rougi quitte enfin notre seuil!

Bourgades et cités ont pris un air de fête;
La brise, sur son aile emporte les refrains
Que fredonne au réveil la naïve fillette,
Et l'écho les redit aux bocages voisins.

Chaque bosquet répond par les couplets suaves
Des chanteurs aériens, au lit de leurs amours ;
Le papillon folâtre, et les fleurs sont esclaves
De ses baisers trompeurs glissant sur leur velours.

Déjà le jour naissant a dissipé l'aurore,
Les troupeaux et les chiens courent insouciants,
Leurs cris montent plus fort vers le coteau sonore,
De bondir sur les monts ils sont impatients.

Alors, la moisson d'or s'abandonne au vent tiède
Et les bluets cachés y mêlent leur senteur :
La bergère les cueille et son amoureux l'aide :
Dans le regard serein est écrit leur bonheur.

Et quand de ses vapeurs le crépuscule couvre
La nature au front bleu que va bercer la nuit,
Les bruits joyeux du soir, avec la fleur qui s'ouvre,
Jettent leur harmonie à *Sirius* qui luit !

V

Ainsi, tout ce qui pense et tout ce qui respire,
A l'ombre de nos chers drapeaux,
Sourit avec transport à l'aube qui soupire,
En s'ajustant dans les roseaux.

Ainsi, le jour rempli, tout sourit aux ténèbres,
Sombres convives du *Sommeil*,
Et, dans ses bras, attend, loin des songes funèbres,
De sourire encore au soleil !

Et ces chants, ces souris, ce concert d'allégresse,
Cette mâle sécurité,
Tels sont les doux présents que fit votre tendresse,
O *Paix!* ô chère *Liberté!*

Merci de tes faveurs, blond couple de déesses!
Gloire à ta libéralité!
Le souvenir ému de tes riches largesses
Vivra dans l'Immortalité!

Vous y vivrez aussi, de jour en jour plus belles!
O *Sœurs!* vos bras ronds enlacés,
Et la *France* unira, sous le vent de vos ailes,
Les dons futurs aux dons passés!

III

Il dit, et la perspective qui s'étend autour de lui a pris un air plus solennel.

Un groupe nombreux de femmes aux traits et aux costumes variés, mais toutes brillant à l'envi d'une beauté enchanteresse, et si majestueuses qu'elles paraissent des déesses, entourent le trône verdoyant de la *France* qui leur tend une main amie, comme à des compagnes et à des égales.

Un bourdonnement prolongé s'élève, doux et mélodieux comme un chant, grave et serein comme la voix d'une assemblée de sages, tendre et familier comme l'entretien de sœurs et d'amies.

C'est le *Conseil des Nations* qui tient séance, à l'ombre de nos trois couleurs, et sous la présidence fraternelle de notre *Patrie*.

La *fille d'Albion* est là, son trident à la main. Son visage a perdu cet air orgueilleux et jaloux qui en déparait la régularité et la blancheur ; ses blonds cheveux flottent dans un désordre coquet sur ses larges épaules ; elle parle, au milieu d'un cercle de jeunes compagnes, et semble écoutée avec déférence.

La gigantesque *reine des Frimas* qui, assise sur le bord de la *Néva*, étend son bras droit sur l'*Europe* et son bras gauche sur l'*Asie*, est là aussi ; elle a jeté loin d'elle le fouet et le bâillon dont elle était armée et présente un triangle, symbole de l'égalité.

La brune *Espagne* étale ses grâces piquantes ; son regard s'est dépouillé pourtant de cette langueur qui accusait une mollesse fatale ; il brille maintenant d'un feu vif et doux, et cette beauté souveraine y a gagné de nouveaux attraits.

Près d'elle se tient l'*Italie*, toujours ravissante et toujours jeune, le sein paré de fleurs et le front couronné d'oliviers et de pampres.

La *France* les regarde toutes deux avec un amour singulier, comme des sœurs germaines, comme les rejetons de la race latine dont elle est issue, et dont le sentiment est toujours en parfaite harmonie avec ses projets et ses pensées.

L'*Helvétie* et la *Grèce*, la seconde, le bras doucement appuyé sur l'épaule de la première, font partie de ce groupe et montrent leurs robustes formes, leur placide et riant visage. Les cheveux de la *Grèce* ont blanchi ; mais elle n'est que plus majestueuse. On dirait que c'est là une mère aussi forte et aussi belle que ses filles.

On aperçoit encore, dans l'*Assemblée des Nations*, l'*Amérique du Nord* fièrement drapée dans un ample manteau étoilé; elle harangue vigoureusement une foule de brunes compagnes qui l'entourent de toutes parts, et paraît peser d'un grand poids dans ces délibérations sereines et décisives.

On cherche vainement les traits assez durs de l'*Allemagne;* mais de douces et tranquilles jeunes filles qui lui ressemblent vaguement, comme des parentes, ont l'air de la remplacer à cette Assemblée. L'une d'elles est assise sur la rive d'un fleuve verdoyant et mousseux et contemple, dans une aimable rêverie, le reflet, au milieu des ondes qui battent ses pieds nus, des couleurs de notre étendard flottant sur l'autre bord; et la *Nymphe des eaux*, accroupie mollement sur son urne penchée, tend les bras vers les deux rivages comme pour indiquer à chacun ce qui est à lui.

La *Paix* et la *Liberté*, réunies par l'*Espérance*, sont à leur place d'honneur et dominent toute l'Assemblée de la taille et du regard, comme les anges inspirateurs des *Assises du genre humain.*

Soudain le silence se fait et l'ange de la *Paix* dit ces mots :

« *Les destins se sont accomplis! La liberté, ma sœur, règne avec moi sur l'Empire du Monde. Nations! vivez heureuses! Nous sommes descendues des cieux appelées par l'Espérance; nous avons régénéré des peuples caducs; par nous, des peuples maudits et défunts ont surgi triomphants du sépulcre; et maintenant le séjour des humains nous est plus doux que l'éclat et l'azur de l'éther.*

« *Ah! conservez votre bonheur en conservant notre*

présence ! L'Esclavage, c'est la guerre ! La Guerre, c'est l'Assassinat, et l'Assassinat, c'est le Malheur et le Remords ! »

Il se tait et un murmure enthousiaste lui répond. Mais bientôt l'air s'embrase. Ce n'est pas un sinistre. Nul cri d'épouvante, mais de longs et bruyants cris de joie. Une cité immense se dresse jusqu'aux nues, baignée par de douces clartés.

Tout est en feu : les voies, les jardins et les monuments, et ces mots apparaissent au front des cieux, sous les couleurs de l'arc-en-ciel :

RÉPUBLIQUE

Paris, capitale des États-Unis du Monde.

CONCLUSION

Fin de la vision. — Le réveil.

I

Franz tressaillit... Un corps humectait longuement son front. C'était l'aïeul qui donnait à son petit-fils le baiser du matin, heureux de prendre sa revanche des surprises traîtresses qui lui étaient quotidiennement ménagées. Le jeune homme fut éveillé par cette chère pression, rendit avec usure le baiser du vieillard. Puis, haletant : « *J'ai rêvé,* lui dit-il, *de mon père! J'ai rêvé de la France !* »

II

Or, l'aube blanchissait, à travers l'unique fenêtre de la chaumière ; le chemin et le grand bouleau étaient éclatants de givre, et c'était par une matinée de décembre *1870*, en *Alsace!*

CAMILLE ROBERT.

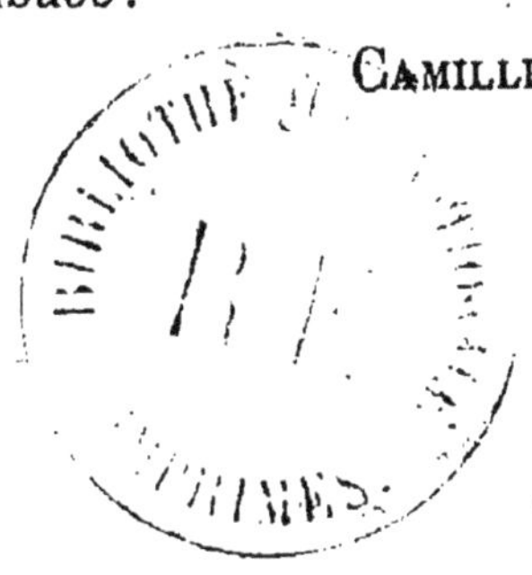

TABLE DES MATIÈRES

Pages

Explication indispensable. . . . .

Prologue : La nuit, le froid et l'aquilon sur la masure. — Le grand'père et le petit-fils. 9

LA VISION.

1re Apparition : La Maison paternelle. — La voix du Mort 13

2e Apparition : La Montagne d'or. — L'Abime sanglant. — Chant de la Muse de la Gloire. — Le Temple de Mémoire. 16

3e Apparition : La Table inabordable. — Un maître d'hôtel qui devient son unique client. — Son épitaphe. 22

4e Apparition : Le Champ funèbre des nations. — Sépulture de la France. — Prières mortuaires. — Lumière et azur. — Anathèmes. 25

5e Apparition : L'Ange de l'espérance. — Le Cercle de l'Avenir. — Désolation. Consolation. 34

6e Apparition : Une échappée de bonheur. — Un Duel par procuration. — Une Guerre étrange. — Le Lutteur qui s'avise d'être Médecin. — Batelage et bâillonnements. — Horribles pîtres. — Trois pilotes pour une barque. — Lutte sur le bord d'un abîme. — Délivrance et Victoire. 40

7e Apparition : Le trône de la France. — Hymne à la Paix et à la Liberté. — L'Assemblée des Nations . . . 51

CONCLUSION :

Fin de la Vision. — Le Réveil. 65

Paris-Imp. PAUL DUPONT, 41, rue Jean-Jacques-Rousseau. 389.2.84

www.ingramcontent.com/pod-product-compliance
Ingram Content Group UK Ltd.
Pitfield, Milton Keynes, MK11 3LW, UK
UKHW020417230726
13925UKWH00004B/1479

9 782014 055856